WALTER NESTI

IL GRANO ERA ALTO

Poesie

Finito in Firenze 7 gennaio 2014

Nota dell'Autore

Queste poesie furono composte tra il 1953 e il 1957 e nel 1961, durante il mio soggiorno in Lussemburgo, raccolte per la pubblicazione in volume. Furono inviate all'Editore Bino Rebellato di Cittadella, Padova. L'Editore le valutò positivamente e mi inviò una proposta per la pubblicazione nella Collana *Poeti.* Purtroppo, trattandosi di poesia, era previsto, allora come ora, un contributo da parte dell'autore. Non essendo in grado, in quel momento, di far fronte alla cifra richiesta, dovetti a malincuore rinunciare.

Ho ritrovato questo fascicoletto in fondo a un cassetto e ho deciso di pubblicarlo, non tanto perché possa aggiungere qualcosa al mio itinerario poetico, ma per storicizzare il momento iniziale del mio percorso, con tutti i limiti di un'opera prima. Era l'inizio di un cammino, che in quella prima fase ebbe anche momenti positivi, con l'attribuzione di alcuni premi. 1956: "2° Premio di Poesia Ebe"; 1957: medaglia d'argento al Premio Letterario "Il Ceppo" per il racconto; 1958: medaglia d'oro al Premio di Poesia "Città di Catania" e 2° Premio "Vado Ligure"; inserimento nell'antologia "Poeti Nuovi" a cura di Remo A. Borzini nella quale figuravano anche autori poi diventati molto famosi, come Pier Paolo Pasolini, Inisero Cremaschi, Franco Matacotta, Pietro Cimatti ecc.; 1959: 2° Premio "Realismo Lirico" e Premio della Cultura assegnato dalla Presidenza del Consiglio dei Ministri; 1960: inserimento nell'antologia "Poeti Italiani del Novecento" a cura di Roberto Cervo; 1961. L'accettazione della raccolta di poesia da parte di un piccolo editore qualificato come Bino Rebellato, che rifletteva parte della mia produzione poetica di quegli anni, anche se poi per motivi economici non riuscii a pubblicarla, agì da forte stimolo nella ricerca di una poesia sempre più impegnata, anche se con moduli espressivi diversi.

Pubblicando ora quella raccolta, nella quale ho inserito altre poesie del periodo, senza però alcun intervento sulla stesura iniziale, intendo offrire, a chi ne avrà voglia, materiale interessante per una analisi completa sulla mia opera.

Prime Poesie

A Fernanda B.

Neve

Gli angeli piangono
e le lacrime cadono
nell'aria gelida del mondo:
si rappigliano
simili a bianche farfalle
che volteggino pazze di luce.
Poi si posano leggere
su l'arida terra
ancora incontaminata.
Ma gli uomini non amano la purezza
e calpestano tanto candore.

Sete

Non basta l'oceano
per spegnere l'arsura
che ci brucia la gola.
Ma una sola goccia
una goccia di acqua fresca
estinguerebbe la nostra sete.
Però nel mondo invano
cerchiamo l'acqua fresca:
per levarci la sete
c'è solo a perdita d'occhio
l'oceano vasto e salato.

Amicizia

A Fernanda B.

Due mani si tendono
si allacciano
nell'oscuro silenzio
di una vita bestiale.
Il mondo sorride
enigmatico.
È l'ambiguo sorriso
del fango che non vede che fango.
Ma le mani si stringono
forte
e il calore che emana dai pori
può annullare anche il mondo.

Addio Giovinezza

Cadono le illusioni
ad una ad una
come le morte foglie
dagli alberi in autunno.
Più non guardano gli occhi stupiti
il mondo intorno a noi.

Coglievamo le rose allora
senza badare alle spine
che ci pungevano le mani.
Le labbra premevano
succhiavano il sangue
dalla piccola ferita
ma l'altra mano
si protendeva ancora
verso il bocciolo in fiore.

Poi
abbiamo visto le cose
con gli occhiali bianchi.
E ci siamo accorti
che le nostre mani
era tutte ferite.
Abbiamo girato
lo sguardo smarrito
intorno:
non c'erano rose
ma soltanto spine
e queste ferite
non rimargineranno più.

Alla Vergine

Posare la testa
sopra un masso
e piangere
tante lacrime
che il masso
ne vada disfatto.
Solo allora
fissare lo sguardo
su Te
e chiederti grazia
per tutti i peccati
verso il Figliolo tuo.

Un giorno, forse

Un giorno, forse
approderemo a questa sponda solitaria
e imprimeremo la nostra umile orma
sulla sabbia lucente del lido.
Cammineremo a testa alta
inebriandoci di aria e di luce
e tufferemo le mani nell'acqua
levando alti spruzzi
che luccicheranno al sole.
E se avremo sete
(le mani riunite a coppa)
berremo l'acqua di questo mare
che non sarà salata.
Solo quel giorno, forse
conosceremo la vera felicità.

Notti bianche di luna

Notti bianche di luna
quando il paese dorme sulla cresta
l'ululo angosciato di un canlupo
rimbomba nella quiete delle case
e là fra i castagneti
si perde in un sussurro ch'è un distacco.

Notti bianche di luna
e il vento sfiora lieve gli uliveti
gridando le parole nella notte
che i vivi non potranno mai sentire.

Notti bianche di luna
quando improvviso il canto di un gallo
sveglia i paesani dal sonno di sasso
e li fa accorrer tutti alla finestra
credendo che l'aurora di già sorga.

Notti bianche di luna
e il dolore ti morde senza fine
un tuo raggio che penetra la stanza
giocando coi capelli d'un fanciullo
ridona d'un subito la pace.

Accettazione

Io accetto Signore
di portare la croce
che mi poni sulle spalle
perché mai potrà
essere pesante quanto la Tua.
E se le mie spalle saranno deboli
troverò sempre lungo la via
un Cireneo che mi aiuti
per arrivare in cima al Calvario.

Correre, sempre correre

A Carlo S.

Correre, sempre correre
in questo deserto assolato
incontro a un miraggio
che ci dia un po' di speranza.
Correre, senza soste, sempre
in cerca di una fonte
o una pozza d'acqua chiara
dove tuffare la faccia
e inumidirci la gola riarsa.
I nostri occhi accecati
vagano
nella brulla infinita distesa.
Chi, in questo deserto, chi
ci può dare la speranza
di trovare la pozza
la fonte
o almeno un unico miraggio?
Il nostro grido
rimane senza eco.
Non ci resta altro che correre
senza soste
sempre correre
incontro alla nostra sera
che ci coglierà stanchi.
Allora
ripiegheremo il corpo
a cavalcioni d'una duna.

Ritornare alla Terra

Non guardate il mio vestito di classe o il mio cappotto di lusso:
guardate la mia anima di contadino.
Provengo là dalla campagna
dove il sole sorge dal verde-argento degli ulivi
e tramonta dietro la massa scura dei cipressi.
La mia origine è la terra: e io l'amo.
L'amo nel pomeriggio torrido d'estate
con il canto delle cicale impazzite
e la messe che ondeggia al vento;
l'amo nel tenue zirlìo dei grilli nella notte fonda
o bagnata dal liquido chiarore della luna
con l'improvviso chicchirichì di un gallo
che fende il silenzio come una lama.
L'amo nell'alba con il pigolio dei passeri sul tetto
o il canto dell'uomo mattiniero, giù nella via;
l'amo nel lavoro operoso nei campi
nel perenne susseguirsi delle opere e dei giorni
nell'ordine supremo della natura.
Il ciclo del lavoro e della vita:
Questa è la mia terra che io amo.

II

C'è una sola cosa che desidero ancora:
ritornare un giorno là nella campagna
con il sole che sorge dal verde-argento degli ulivi
e tramonta dietro la massa scura dei cipressi.
E ritornarvi al tramonto.
Stendermi sulla bruna terra
mentre l'afrore del concime sale in forma di vapore acqueo.
Sentirmi abbracciare da essa:
confondermi con essa.
Ritornare alle mie origini
prima che Qualcuno mi infondesse la linfa
che mi dette la vita.
Questo solo desidero e nient'altro.

Poesie Sociali e Civili

Io li ho visti

Io li ho visti
appoggiati contro il muro
e il volto impassibile
alto contro il cielo.
E non c'era odio in quegli sguardi
ma disprezzo
di chi la morte rende superiore.
Io li ho visti
E non ero che un ragazzo:
ma ricorderò sempre quegli sguardi
che anche senza vedermi mi guardavano
e mi lasciavano il loro testamento
"Tu non dimenticherai!".
E le mani dei boia tremavano
mentre puntavano i loro mitra venduti
tremavano per la paura del sangue
che avrebbe concimato la terra:
e la terra concimata
non rimane mai sterile.
E io guardavo:
e di coloro che stavano al muro
e di coloro che puntavano i mitra
sentivo che i più forti erano quelli
costretti ad attendere la morte.

Sentivo: sentivo la forza negli sguardi
e nelle parole gridate
piene di fede
ripetute dall'eco all'infinito
di valle in valle agli ultimi confini
e che nessun mitra avrebbe potuto troncare.
Io li ho visti.
E non ho dimenticato.

Il Muro

A Danilo Dolci

Anche se alta e spessa è la muraglia
eppure qualcosa ci spinge
a sbattervi contro la nostra testa.
Perché di là dal muro
una volta caduto
ci verrebbero incontro liberi
i raggi del sole
e immensi prati verdi
dove i nostri figli andrebbero a giocare.
Ed è proprio il pensiero di loro
dei nostri figli
che ci getta contro il muro
anche se sappiamo che forse
appena un sasso smuoveremo.
Ma da quel sasso smosso
almeno un raggio di sole potrà filtrare
e attraverso quel raggio
la calcina dura pian piano si sgretolerà
e altri sassi rotoleranno
e altri raggi di sole filtreranno
a dare gioia ai nostri figli.
Perché a noi non importa
se quando il muro sarà crollato
anche noi crolleremo
o crolleremo prima.

A noi importa solo sapere
che il muro cadrà
e se anche ci cadesse addosso
i nostri figli dissotterrerebbero le spoglie
e le lascerebbero esposte al sole
in mezzo ai prati verdi
e per noi solo questo
sarebbe grande ricompensa.

Il grano era alto

A Carlo Levi

Il grano era alto
quando ti hanno ucciso
Salvatore Carnevale
e nascondeva gli assassini
in quell'alba di maggio.
Tu sapevi
che avrebbero finito per ucciderti
e non ti importava delle olive che ti offrivano
e della terra
con la quale avresti potuto campare
senza aver bisogno di niente:
ma capivi
che il tuo tradimento
nessun prezzo avrebbe potuto pagarlo.
E ti hanno ucciso
Salvatore Carnevale
perché il tuo nome era troppo pericoloso
e la principessa non si sentiva sicura
nel suo castello feudale.
Ti hanno ucciso
perché ti eri svegliato
e avevi obbligato gli altri a svegliarsi
e questo è un grande delitto
Salvatore
è un grande delitto
per chi vorrebbe il nostro sonno eterno.

Ti hanno ucciso
e hanno creduto di spegnere in te
tutta la nuova Sicilia
uscita dal vecchio guscio dei millenni.
Ma hanno dimenticato
che ti chiami Salvatore
e avrai la tua resurrezione
al terzo giorno
e allora si apriranno le tombe
gli assassini vi cadranno dentro
la terra li ricoprirà
e di loro sparirà il ricordo.
Il grano era alto
e ora è stato mietuto
per pagare il prezzo degli assassini
ma quelle spighe saranno veleno
perché sono state intinte nel tuo sangue.
E nemmeno la calce
gettata sulle lacrime del popolo
potrà dar sicurezza
al castello crepato nelle fondamenta
che il grido possente dell'Etna
dissolverà come polvere nell'aria.
Questa sarà la nostra Pasqua
Salvatore Carnevale.

(2° Premio "Ebe" 1956)

Firenze

Non è facile parlare di te Firenze
anche se chi ti ha visto
sia pure una sola volta
non può fare a meno di farlo.
E tutti hanno parlato di te
e tutti hanno cantato le tue bellezze
i tuoi tesori
l'incanto delle tue colline:
ma non è facile parlare di te Firenze.
Perché molti non sanno
quale sia la tua vera faccia
che non è quella di S. Maria del Fiore
né dei musei e dei palazzi pieni di arte
che testimoniano di un passato glorioso
né quella delle tue colline piene di sole
e disseminate di bianche ville di signori;
non sanno che il tuo vero volto
è in fondo alle viuzze puzzolenti
dietro gli usci sgangherati dei vecchi portoni
nelle famiglie dove la vita
è un continuo mordere dei denti
nei ragazzi che sono già adulti
prima di aver veduto la purezza del cielo
alto e immobile
sopra i tetti di mattoni cotti.

È questa la Firenze brutta
che nessuno vede e non vuol vedere
ma la Firenze vera, la Firenze viva
che ha fatto la storia di cui sono carichi i palazzi
la Firenze che ha il volto cotto dalle intemperie
e le mani callose di un operaio.
Per questo non è facile parlare di te Firenze
parlare delle tue miserie e delle tue bruttezze
quando tutti ti vogliono ricca e bella.

Monologo di muratore

Queste mani ormai
sono già finite
tanti sono i mattoni che ha murato
a metterli tutti insieme
si fascerebbe la terra.
E quanti muri ho innalzato
quante case ho costruito
la mia vita è passata tutta così:
a costruire. Ma per me
non c'è stata una casa
mai. Le case – quante case –
le ho fatte per gli altri
io ho abitato sempre in un tugurio
il tetto cadeva a pezzi
anche ora andrebbe rifatto
ma le mie mani non hanno lavorato per me
non lo faranno mai.
Ma perché poi
io muratore
non ho potuto farmi una casa
anche piccola bianca accogliente
con un grazioso giardino davanti?
Appena ho guadagnato pane
pane per me e per i figli
ma le case sono state tante
che non le ricordo più ormai.

E per chi le ho fatte?
Non lo so. So soltanto
che le ho fatte
per quel tozzo di pane
e le mie mani si sono consumate
mangiate dalla calce
corrose dai mattoni.
Ma ora vorrei che franassero tutte
le case che ho costruito
perché per me in tutta la mia vita
non c’è stata mai una casa
nuova bianca e accogliente
e un piccolo giardino davanti.

Il Cavatore

Te ne stai aggrappato al masso
come una cicala
e il martello che batte
sembra un cuore impazzito.
Tutto ricopre la polvere bianca
e sembri un mugnaio
ma quella non è farina
da portare a casa
per il pane dei tuoi figli.
Si impasta al tuo sudore
e ti entra nei polmoni
e domani avrai la silicosi
ma continuerai a lavorare
finché avrai forza
perché la pensione
non sarebbe sufficiente
per vivere.
Sotto i tuoi colpi
la dura pietra si spacca
ma anche il tuo volto si spacca
cotto dal sole d'estate
e dal gelo d'inverno.

La tua lotta di titano
non ti dà la vittoria
che d'un pugno di spiccioli
che bastano appena
a riempire la bocca
dei figli affamati.
Alto e immobile è il cielo
al di sopra della polvere bianca
che ti circonda
come un'aureola assassina
consumando tutta la tua vita.

Maciste

*"Questo tuo cuore, Maciste,
che non conosce le prefazioni di Engels,
e non ascolta la ragione, proprio
quando occorre sia ascoltata!"
Pratolini*

Il tuo cuore batteva come il sidecar
lanciato per le vie pregne di notte
ed era grande come la tua larga mano.
Negra la morte ti correva dietro.
Oh si che avresti potuto tornartene a casa
e avevi fatto più del dovere
ma il tuo cuore batteva come il sidecar
e non volesti. E il cuore ti tradì.
Troppo avevi sofferto
al pianto della donna e dei ragazzi
nell'allunata via dei Della Robbia.
E anche la luna volle la tua fine.
Ora non c'era più scampo, lo capivi
veloce la morte ti correva dietro.
Bianca, troppo bianca piazza S. Lorenzo
dalla luna nemica quella sera
che non era la stessa, no,
di quando sui Lungarni
tenevi stretta la tua Margherita.
E nella piazza bianca
lanciasti il tuo motore.
Questo aspettava la nemica morte
e t'afferrò davanti alla grigia chiesa
che alzava al cielo la sua muta protesta.
Immane era il tuo corpo riverso sui gradini
e tacque per sempre il motore del sidecar

senza il tuo polso che lo guidava
e tacque per sempre insieme al tuo cuore
grande come la tua larga mano.
Rigido e indifferente sul grigio piedistallo
il Medici guardava sotto la luna complice.

Medaglia d'oro Premio di Poesia "Città di Catania", 1958

Uomini che aspettate...

Uomini che aspettate
dal domani un segno
di fiducia e amore
non sarà delusa
la vostra speranza.
C'è nell'aria un presagio
di una nuova alba
preparata nel tempo
da migliaia di compagni
che come noi hanno sperato
lavorato e atteso.

A noi non sarà dato di leggere
negli occhi dei nostri figli
la tremenda condanna
che i nostri padri lessero in noi
per averci generato.
Anche se ora sappiamo
che ciò era necessario.
Ma i nostri figli conosceranno
lo splendore del sole
e il verde smeraldo dei prati.
Per loro sarà la primavera
uscita dal lungo inverno
d'infinite generazioni.

Medaglia d'oro al Premio di Poesia "Città di Catania" 1958

Ti chiedo perdono

Per tutto il male che ti hanno fatto
i miei fratelli bianchi
io ti chiedo perdono
fratello negro.
Perdono per la nostra cattiveria
fatta di colpa e connivenza
per il rosso sangue dei negri
che ha bagnato le sponde dei fiumi
dove alti crescono i fiori dalle larghe foglie
e a primavera prolificano le anitre selvatiche
fra il gracidare delle rane in amore;
intriso la terra riarsa dei campi
dove fiorisce candido il cotone
raccolto da migliaia di uomini negri
curvi sotto la sferza del sole e dell'uomo bianco;
macchiato i lucidi asfalti delle strade
rifrangenti orchidee multicolori.
Per quel Dio che entrambi adoriamo
io ti chiedo perdono e ti chiamo fratello.
Ecco ti chiamo fratello
non più bianco e nero
padrone e servitore
ma uomo davanti a uomo
con la mano tesa.
E la stretti lavi per sempre
il sangue che ci divide.

Omaggio in verbale al "Premio Vallombrosa" 1958

Noi, poveri esseri

Noi, poveri esseri
che il destino ha fatto nascere
nelle lande sconfinate della miseria
dove potenti imperano i creditori
e il vizio puttaneggia con lo stento;
noi che non abbiamo conosciuto
i dolci incanti dell'adolescenza
nati e invecchiati troppo presto
nel breve giro di poche stagioni:
ora non vogliamo più promesse.
Non meravigliatevi se un giorno
infrangeremo il cerchio che ci serra
sbattendo la nostra fragile testa
contro il cristallo dell'antico palazzo
nel quale i doviziosi stanno a lauto pranzo.
Quel giorno
le gambe non saranno sufficienti
a portare in salvo i molli ventri obesi
mentre alti si leveranno nel cielo
i rintocchi delle campane a morto.

I forni non danno pane

A Raffaele Barletti

Dalle bocche spalancate
escono fiamme e rossi mattoni
per costruire case.
Ma non pane. I forni
non danno pane
agli uomini nudi
nella rossa fornace.
Si, incrociate pure le braccia
fermi ai margini della strada
guardando i fumi spenti.
Inutile sarà il gesto.
Altri – che hanno più fame di voi
li riaccenderanno tra poco
nella speranza del pane.
Ma i forni non danno pane
agli uomini nudi
nella rossa fornace.
Domani anche voi tornerete
sconfitti dall'urlo della miseria
e dagli occhi affamati
dei vostri figli.
Davanti le bocche spalancate
sfornerete mattoni
per costruire case.
Ma non pane.
Perché i forni non danno pane
agli uomini nudi
nella rossa fornace.

2° Premio "Vado Ligure" di Poesia Sociale

Domani avrà fiori il deserto

Più calme non sono le notti
nelle torride strade algerine
e il soffio salmastro del vento
corrode l'amore degli uomini.
Sinistre nel buio si levano
le urla di umani sciacalli
che in feroce, frenetica turba
il suolo algerino percorrono
il sangue alla sabbia mischiando.
E non sanno che anche il deserto
la messe abbondante produce
se il sangue alla sabbia è mischiato.
È questa la forte speranza
che brucia nel cuore alle madri
dal soffio di morte toccate.
Gettate le nere gramaglie
domani avrà fiori il deserto
e ogni fiore avrà un nome d'eroe
inciso su cippi di bronzo.
E i cippi saranno la base
della patria algerina redenta.

Coro per un emigrante morto

- Azzurri erano i tuoi occhi
come il cielo delle montagne di Cortina
e quel cielo improvvisamente è precipitato
come un gabbiano che si tuffi nel mare
è precipitato dall'impalcatura di una casa
una casa straniera, sotto un cielo straniero.

- In pochi stasera vegliamo il tuo corpo
in pochi, schiavi legati alla stessa catena
e pensiamo alla madre che aspetta
e al suo immenso dolore nei giorni a venire.
In pochi, gli altri non se ne sono accorti
quelli per cui costruiamo le case
il salario che pagano li affranca da ogni pensiero
e solo noi vegliamo il tuo corpo
mentre alla Maison Sindacale c'è festa da ballo.

- Per tutta la vita tuo padre aveva varcato frontiere
in cerca del pane da dare alle bocche affamate
e il suo nome nessuno sapeva
ma un giorno la Patria il suo nome trovò per incanto
e là nelle steppe di Russia lui dette la vita.
Ma poi ancora l'oblio ricoprì il sacrificio
e tu che portavi il suo nome varcasti di nuovo frontiere
portando l'azzurro dei monti e la gioia di vivere.

- Nessuno, nessuno saprà il sacrificio di queste tue mani
come vento su sabbia sarà cancellato il tuo nome
le case che in suolo straniero avevi costrutte
non danno diritto alle lapidi o bei monumenti
perché sei già stato pagato, pagato a contratto

e più nulla ora hai da esigere
il tuo t'è già dato, in pace riposa emigrante.

- Ma noi, schiavi legati alla stessa catena
noi che appena le siepi mettono i primi germogli
la casa lasciamo e varchiamo frontiere in cerca del pane
noi il tuo nome impresso terremo nel cuore
il cuore sarà monumento al tuo corpo caduto
il tuo che è il nostro corpo
e in noi ancora avran luce i tuoi occhi
che han dato la vita per un poco di pane.
E questo ti sia di conforto nel gelido nero sepolcro.

Per Henry Halleg

Per te e con te
noi seguiamo il fragile volo
delle bianche colombe
che in alto si librano verso nuovi cieli.
Anche se cacciatori di frodo
stanno acquattati dietro macchie spinose
per precipitarne i fragili corpi
nelle sabbia fangosa.
Per te e con te
noi crediamo all'amore degli uomini
che non ha frontiere e non conosce orizzonti.
Per te e con te
noi portiamo il verde ramoscello
e non temiamo la furia degli uragani.
Per te e con te
noi sappiamo che nella nuova alba
a chi avrà portato il verde ramo senza tremare
gli sarà riconosciuto il diritto
di entrare nella radiosa luce del sole.

Poesie Militari

Agli ex Cap. Magg.
Lanfranco Minuti
Raffaele Barletti
e agli Alpini
Battista Rossetto
Francesco Zecchin

Morbegno

Millenovecentoquarantatre
nella sacca del Don
alpini del “Morbegno”
avete visto la morte
con il petto steso a terra
e gli occhi accecati
con la mente al paese lontano
e alla vita che fuggiva
veloce sulla distesa di neve.

Millenovecentocinquantacinque
Montorio Veronese
giovani del ‘34
al “Morbegno” ridiamo vita
mentre fuori passano le ragazze
e la prigione della caserma è insopportabile.

Morti del “Morbegno”
noi abbiamo perso la vostra memoria.

Caserma

Gli occhi rivolti oltre la porta
e all'ufficiale di picchetto
di là dal ponticello
verso la strada libera
dove inseguiamo la nostra vita di prima.
E la voce dell'altoparlante
è come la voce del carceriere
e ogni passo che facciamo
sentiamo gli occhi che ci spiano.
Tutto abbiamo lasciato
di là dalla porta
tutto quello che prima aveva importanza
mentre ora badiamo solo di non prendere consegna
e di salutare bene l'ufficiale che passa.
Inutili sono i nostri canti in camerata
come quelli di un usignolo in gabbia:
cantiamo per dimenticare la vita
là nella strada libera
che per diciotto mesi non potremo riavere.
Ci hanno attaccato in fronte una grossa parola
"Dovere" a caratteri di fuoco
e ci hanno detto di portarla sempre
anche se molti non sanno cosa sia.
Ci hanno dato fucili scarichi
insegnandoci ad usarli
ma noi pensiamo solo alle ragazze
o a una cartolina pornografica
che il nostro amico ha ricevuto stamani.

Sera in Ufficio

Anche se fuori cantano
tornando dallo spaccio i soldati
qui dentro c'è calma
e la fiamma della stufa sale su nel tubo.
La macchina da scrivere è ferma
con ancora un foglio infilato dentro;
e sul tavolo del disegnatore
le matite marca "Giotto"
sono sparse come i birilli
che un ragazzo ha gettato a terra con un sol colpo.
Ma qui dalla parte vicino alla stufa
il quaderno del mio diario è aperto
e vi annoto le imprese del Maggiore
che uccise per trafugare documenti alla Ghestapo
ma non penso che sia eroe o grand'uomo.
Penso solo che non posso continuare a scrivere
perché è già suonato il segnale della ritirata
e devo ritornare immediatamente in branda.

Caserma sotto la neve

È brutto chiudere l'uscio
uscire fuori e sentire che il vento è gelido
mentre per terra una distesa bianca fa giorno.
Anche se il silenzio è suonato
(e hai chiuso la porta d'ufficio
cercando di non fare rumore
per non svegliare i 'veci' che dormono in magazzino)
sai che sono appena le ventidue.
Ricordi allora che a casa
quando la neve cadeva
tutti i giovani erano sulla piazzetta del paese
a fare festa e aspettare che fosse alta
per fare alle pallate fino a tarda notte.
Ma qui nessuno fa festa alla neve
perché domani mattina c'è marcia
e tutti nelle brande già dormono
e solo qualcuno insonne
guarda con odio gli arabeschi
che il gelo ha disegnato sui vetri dei finestroni.
Il tuo passo che affonda nel bianco
fa un rumore come di stoffa smossa
e vedi che svelto un soldato
attraversa il cortile e si perde nell'ombra.
Quasi vorresti chinarti
raccogliere un po' di neve
appallottolarla nelle mani
e gettarla contro il tronco di un albero.
Ma senti che non puoi farlo
perché ora la neve è nemica.

Neppure a calpestarla provi piacere
e ti fa schifo
e scuoti le scarpe sulla porta della camerata
per perdere del suo bianco anche il ricordo.
Solo quando sei in branda
e l'amico di sopra parlotta nel sonno
cerchi di sognare la neve com'era al tuo paese
ma soltanto in quel sogno tentato
bianca la neve te la ritrovi amica.

Primavera in Caserma

Ora alla sera è bello restar fuori
e parlare con gli amici
lentamente a piccoli passi
come se fossimo in una via del centro.
E le finestre delle casermette sono aperte
perché l'aria della sera vi entri
a togliere quel puzzo e quel fumo
di troppi uomini ammassati insieme.
È bello anche riunirsi a gruppi
e cantare canzoni di montagna
o distendersi sull'erba del campo ginnico
stappando una bottiglia di buon vino.
La caserma è grande
e possiamo camminare stancandoci
senza averla percorsa tutta:
povera illusione
di maggiore libertà che non abbiamo
cercando di non pensare alle ragazze
che passano appena fuori la porta.

Elegia

Erano tanti quelli che stanotte
sono venuti a visitarmi
e avevano il volto triste
e il corpo gracile
e mi guardavano con le occhiaie vuote.
Erano tanti tutti morti
non sul campo di battaglia
ma negli ospedali militari.
Mi hanno detto di parlare
delle loro speranze troncate
della fiducia tradita
della loro vita spezzata
per un capriccio di chi li voleva lavativi.
Erano tanti e io ho sentito d'amarli
più di quelli che sono morti
sul campo di battaglia
perché essi la loro vita
hanno potuto difenderla
fino all'ultimo respiro
anche se sono stati gettati
incontro alla morte come branchi di pecore.
Ma le vittime degli ospedali militari
sono stati pugnalati alle spalle
caduti nelle braccia della morte
mentre credevano di tornare alla vita.

E i loro assassini non erano nemici
ma li uccisero
e non furono puniti
e hanno fatto una splendida carriera
e fanno una splendida carriera
senza rimorsi di coscienza
con le mani macchiate di sangue
che avrebbero potuto non versare.
Erano tanti e si sono dileguati
gridando dalla bocca sgangherata
che nessun monumento li ricorda
disgraziate vittime
di un orribile tradimento.

Morago

Solo il tricolore
che sventola alto in cima a un palo
conficcato nella terra argillosa di Morago
svela l'accampamento militare.
Ma il cielo è sereno
e l'aria sa di pini e di abeti
e l'uniforme dei soldati
e il colore mimetico delle tende
non possono togliere il senso
dell'infinita libertà
che pervade questi giovani di vent'anni
ritornati al contatto con la natura
fuori dalle mura soffocanti della caserma.
E alla sera
dopo la massacrante giornata
i tre chilometri per raggiungere il paese
(tre case la chiesa e due osterie)
sono l'itinerario obbligato
per chi vuol bere del buon vino
o mangiare polenta e latte
e cantare fino ad averne la testa confusa.
Ma il silenzio
suonato dal trombettiere sotto la quercia
(mentre sotto le tende sui sacconi di paglia
si parla ancora un'ultima volta
prima che il sonno improvviso ci colga
troncando un discorso avviato a metà)
ci riporta improvviso il senso della caserma
e del giorno che è trascorso
e che non potrà essere recuperato
come le lezioni di tiro ai poligoni.

Sera di Dicembre

La nebbia entra a ondate nell'atrio del Comando
fuori passano freddolosi i soldati e cantano
con le mani in tasca e la schiena un po' curva.
Suona la tromba dei consegnati
si sente il ticchettio di una macchina
ma è lontana
dall'altra parte del corridoio.
Io sono solo
e triste
anche se c'è caldo in ufficio.
Vorrei camminare fuori freddoloso
le mani nelle tasche e la schiena un po' curva
andare allo spaccio e bere
insieme agli altri compagni e cantare.
La nebbia entra a ondate nell'atrio del Comando
e io non posso muovermi
perché sono di servizio.
Guardo la legna
che brucia nella stufa di terracotta
e apro il quaderno
per scrivere questa poesia.
Il ticchettio della macchina s'è taciuto
si sentono solo i colpi delle carabine
che sparano al tirassegno.

Passa un soldato di corsa
sul marciapiede sotto la finestra
e dietro la squadra dei consegnati
che il caporale accompagna in cucina.
Ma la nebbia entra ancora a ondate
nell'atrio del Comando
fuori è spessa che non si vede a un metro
e io sono solo e triste
qui in ufficio al caldo.

Notte alla “Sosta Militari”

Grigia stazione di Bologna
con le tettorie corrose dalla nebbia
come forte fai sentire la solitudine
al soldato che ora è sceso dal treno
e non può proseguire fino all’alba.
Sono le due di notte. Un freccia
“Sosta Militari”: è l’unico rifugio.
Ma dove va quel signore
che fuori sul piazzale
avvia la sua lucente 1400?
Forse all’albergo o forse a casa sua
dove consolante l’aspetta
l’amplesso desioso della moglie.
Ma tu militare dove vai?
Hai ancora negli occhi
l’immagine della tua ragazza
cammini e te la vedi davanti
due lacrime e il fazzoletto in mano
darti l’ultimo addio.
Per te c’è quella freccia unico rifugio.
Ma non ci sono coperte per dormire
solo un tavolino per poggiarvi il capo
e la luce al neon
che ti fa male alla testa.
Perché non c’è altro per te
che soffocare la solitudine
comprando un gettone
per il giradischi automatico?

Lunghe sono le ore
la lancetta fa il giro troppo lenta
neppure il sonno ti tormenta
fissi gli occhi al quadrante
che arrivi l'alba.
Nemmeno due coperte
ma solo il giradischi automatico
e la roca voce
di un cantante americano.
Troppo poco per un uomo
anche se ha le stellette.

Vecchia "Jeep"

Ero sulla piazza del paese
quando è arrivata una "jeep"
con dei militari a bordo;
affannava su per la salita
e si è fermata ansante
davanti alla bottega.

E allora ho pensato alla vecchia "jeep"
targata E.I. 21339
e alle nostre scorrerie
fatte su quella vecchia carcassa
battezzata dal Colonnello
automobile di Ridolini
lieti di fregare il regolamento
e il codice.
Le gite verso Mizzole
e Pian di Castagné
piccoli paesini sperduti
dove la donne erano tutte chiuse in chiesa
e ci si fermava a un'osteria
a bere vino e mangiare polenta.
O l'ultima notte dell'anno
che siamo ritornati alle quattro del mattino
e abbiamo scorrazzato sui "Bastioni"
in cerca della "Carla"
o la "Fiorina"
ma erano tutte impegnate quella notte
anche quelle da trecento lire;
e con noi c'era la recluta Turri
supremo onore per lui
essere accolto dagli anziani.

E l’uscita dalla porta
davanti all’Ufficiale di picchetto
con la faccia tosta
e la sicurezza di vecchi alpini che ormai
hanno imparato a fare i “dritti”.
Poi c’era la scuola guida
fatta nelle solitarie strade
della campagna di Povegliano
con l’assenso compiacente del Colonnello
mentre gli amici gettavano strida
fingendo sacro terrore
ad ogni curva presa un po’ bruscamente
o quando con la disinvoltura
di un autista consumato
innestavo la terza
ignaro del fondo stradale
e la povera “jeep” ondeggiava.
Mai a posto col motore
che aveva sempre qualcosa.
Ogni poco in garage
vecchia “jeep” Williams
dove sarai a quest’ora?
Certo porterai altri alpini
in ardite scorrerie
alla periferia di Verona
lieti di fregare il regolamento e il codice
ignari del pericolo e delle responsabilità
per avere la sensazione di essere liberi
per poche ore.

Si, anche quei soldati
del 78° Reggimento “Lupi di Toscana”
hanno preso un vecchia “jeep”
e sono corsi in un piccolo paesino
inebriandosi di libertà.
Povere vecchie “jeep”
targate E.I.
forse servite ancora a qualcosa.

Ricordo di Venezia

Ore liete e spensierate
per le calli tortuose
d'una Venezia sconosciuta.
Giornata calda d'agosto.
Il verde cupo pesante
del nostro cappello d'alpino
sembrava una carnevalata
fra gli abiti chiari estivi
e le divise bianche dei marinai.
La gente si voltava guardarci
e sentiva freddo
noi portavamo l'aria fresca dei monti
e l'odore della neve.
Rapide corse
su e giù per i ponticelli
sopra i canali putrescenti.
E scorpacciata di gamberi e polipi
in una vecchia osteria
che sapeva di salsedine e miseria.
Poi – tondo e rosso
il tramonto sulla laguna.

La millecento filava leggera
sul lungo ponte
verso la terraferma.
Io ubriaco guardavo il tramonto
col capo fuori dal finestrino.
Ridevano i compagni.
Finiva così - sull'aria d'oro rosso -
la nostra vacanza di frodo.

Altre Poesie

A Gina

Il nostro pane è la speranza

A Gina

Il nostro pane è la speranza
e ne abbiamo tanto
a quindici anni
che non sappiamo da quale parte
incominciare a mangiarlo.
Ma la vita d'un uomo
è un interminabile rosario
che si sgrana giorno dopo giorno
anno dopo anno
e tanto ne viene mangiato
di quel pane
che dopo pensiamo con terrore
a quando sarà finito
anche l'ultimo boccone.
Cosa ci resterà allora
quando non avremo più speranza?
Sulla soglia la morte che ci attende
e il nostro grido d'angoscia
che cerca ancora quel pane
per continuare a vivere.
No non toglieteci la speranza
è l'unico bene che ci è rimasto
il nostro pane quotidiano
col quale la vita
può sembrare ancora degna
di essere vissuta.
Il nostro pane è la speranza
e non vogliamo che finisca
perché non vogliamo morire.

Parole a mia Madre

Certo tu pensavi che tornassi
con la valigia verde in mano
ma quella sera non mi aspettavi
quando aprii d'impeto l'uscio
e ti corsi nelle braccia. E dopo
mi guardavi e le tue mani sciupate
carezzavano la mia divisa militare
e mi scrutavano i tuoi occhi
per vedere se ero cambiato.
Forse fosti contenta
di vedermi migliorato. Ma io so
che a te premeva sapere
se anche il mio cuore era quello di sempre.
Ma non si può far vedere il cuore a una madre
se questo la fa soffrire; si deve solo
fingere di essere quello di prima.
E io mi vergognavo mamma
mi vergognavo di tante cose
davanti ai tuoi occhi che mi guardavano
e a tutto l'amore delle tue mani sciupate.
Ma non posso farti soffrire mamma
non posso e continuo ad illuderti.

E tu credi ancora in un figlio
che è morto per sempre e che solo
è capace di amarti disperatamente
che per te vorrebbe tornare ad essere
quello che fu e che tu credi che sia.
Mamma io penso che a volte il tuo amore
mi possa ancora salvare
ed è questa speranza
che il cuore tien chiusa in segreto
che mi dà la terribile forza
di guardarti diritto negli occhi.

Lunga è la notte

A Fernanda B.

Lunga è la notte
quando dal dolore
la gola è chiusa
e i singhiozzi si stroncano
dentro la carotide.
E non si può sopportare
il buio della camera
le membra non riposano
sui materassi di sasso
e gli occhi non si chiudono
nel sonno che non viene.
Il cucù che segna le ore
lo schianto secco di un tarlo
sembrano risvegliare la memoria
di colui che per sempre ci ha lasciato.
E gli parliamo la bocca nel cuscino
crediamo di sentire la sua mano
che lieve ci sfiora la guancia.
Allora più forti si fanno i singhiozzi
e il cuore sembra ne debba schiantare
lo rivediamo mentre nella bara
le mani sull'attenti
sembrava farci l'ultimo sorriso.

Inutili sono le frasi dell'amico
che con noi veglia il dolore
anche se le sue parole
giungono al nostro orecchio
come una cara musica.
Sentiamo che solo l'alba
potrà darci un po' di riposo
e spiamo il cielo dai vetri della finestra
per coglierne il primo trascolorare
che annunci la luce del giorno.

Autunno

Ogni foglia che cade dagli alberi
e che il vento trascina per l'aria
è come ogni giorno della vita
che il tempo inesorabile ci strappa.

La foglia caduta e ingiallita
il giorno passato e perduto
la vita che fugge silenziosa
sono l'autunno perpetuo
della nostra esistenza.

Ora non scrivo più di te...

Ora non scrivo più di te
sul mio diario
delle lunghe giornate
delle lunghe attese.
E sono calmo.
Ma tanto vuoto
perché tutto ho lasciato
su quelle pagine
i lunghi giorni
le lunghe attese
quello che volevo darti
e che tu non hai preso.
L'amicizia soltanto
non poteva bastare
per la mia fame d'amore.
Ma tu non hai compreso.

E ora non scrivo più di te
sul mio diario
perché non posso amare da solo
e il tuo sorriso non basta
se non comprendi ciò che dovremmo essere.
E tu non comprendi.

Ora non scrivo più di te
sul mio diario
non voglio lasciarmi uccidere
da un amore vissuto da solo.

Monologo di vecchio moribondo

Ora che sono giunto
all'estremo limite
e le mie ossa diventeranno calcina
la mia carne nutrimento
per i vermi della terra
dove andrai anima mia?
Saranno – le mani di Dio
così pietose da accoglierti?
Io non ho più speranza.
"Nemmeno un bicchier d'acqua
sarà dimenticato".
E non ho bicchier d'acqua
da portare davanti al Signore
nulla che possa placare la sua ira.
Ma tutto, tutto per accrescerla.
Quanti ricordi. Ricordi!
Davanti ad essi
la mia vita s'annega.

Il verde è il mio colore

Il verde è la speranza
dei miei sogni
che nascono all'alba
e muoiono al tramonto.
Verdi sono le mie tasche
d'eterno squattrinato.
Verdi furono le mostrine
e il mio cappello d'alpino
come verdi i miei anni.
Dal desolato squallore
d'una giornata d'inverno
fugge il mio pensiero
verso la verde primavera.
Così sarà domani.
Come alberi secchi
morti i miei sogni
senza speranza di resurrezione.
Rose dalle tignole
le mostrine e il cappello d'alpino
chiusi in un armadio
fra odor di naftalina.
Perduti per sempre gli anni
nella scia del tempo.
Solo le mie tasche forse
saranno ancora verdi
unica nota di colore
che porterò nel buio
della mia nuda tomba.

Ora che sono giunto

Ora che sono giunto
a l'estremo limite
della mia vita
stanco
poso la testa
e più non avanzo.

Festa
faranno i corvi
intorno al mio cadavere.
Urla di sciacalli.
L'anima
piomberà nell'averno.

Nulla
si può salvare
da l'estrema rovina
ed è bene
perdere tutto
se la vita è baratro.

1953-1957

INDICE

Nota dell'Autore **3**

Prime Poesie **5**

Neve *7*

Sete *8*

Amicizia *9*

Addio Giovinezza *10*

Alla Vergine *11*

Un giorno, forse *12*

Notti bianche di luna *13*

Accettazione *14*

Correre, sempre correre *15*

Ritornare alla Terra *16*

Poesie Sociali e Civili **19**

Io li ho visti *21*

Il Muro *23*

Il grano era alto *25*

Firenze *27*

Monologo di muratore *29*

Il Cavatore *31*

Maciste *33*

Uomini che aspettate... .... *35*

Ti chiedo perdono *36*

Noi, poveri esseri *37*

I forni non danno pane *38*

Domani avrà fiori il deserto *39*

Coro per un emigrante morto 40
Per Henry Halleg 42
Poesie Militari **43**
Morbegno 45
Caserma 46
Sera in Ufficio 47
Caserma sotto la neve 48
Primavera in Caserma 50
Elegia 51
Morago 53
Sera di Dicembre 54
Notte alla "Sosta Militari" 56
Vecchia "Jeep" 58
Ricordo di Venezia 61
Altre Poesie **63**
Il nostro pane è la speranza 65
Parole a mia Madre 66
Lunga è la notte 68
Autunno 70
Ora non scrivo più di te... 71
Monologo di vecchio moribondo 72
Il verde è il mio colore 73
Ora che sono giunto 74

www.ingramcontent.com/pod-product-compliance
Ingram Content Group UK Ltd.
Pitfield, Milton Keynes, MK11 3LW, UK
UKHW020235250726
13967UKWH00001B/385